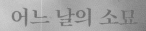

어느 날의 소묘

채재헌 시집

채재현

어느 날의 소묘

🎧 **대표시를 저자의 낭송으로 들어 보세요!**

이 도서에는 저자의 시 낭송으로 연결되는 QR코드가 있습니다. 스마트폰에서 [네이버] 앱을 다운로드 하여 실행한 후 검색창 옆의 아이콘을 눌러 QR코드를 스캔해 주세요. 시인의 목소리가 새로운 감동을 선사합니다.

초판 발행 2018년 3월 5일

지은이 채재현

펴낸이 안창현 **펴낸곳** 코드미디어

북 디자인 Micky Ahn **교정 교열** 백이랑

등록 2001년 3월 7일 **등록번호** 제 25100-2001-5호

주소 서울시 은평구 갈현로 318-1 1층

전화 02-6326-1402 **팩스** 02-388-1302

전자우편 codmedia@codmedia.com

ISBN 979-11-86104-83-5 03810

정가 10,000원

어느 날의
소묘

채재현 시집

Chae Jaehyeon

문학에 대한 열망으로 보낸 세월
시인이라는 반열에 올라와서 첫 시집
분신들을 세상에 내놓게 되어
한없는 기쁨이 넘칩니다
아주 작은 잎사귀로 시작하여 점점 자라나는
행운목처럼 종당엔 향기 풍기는 시인이 되고 싶은
소망의 날들이 익어가서
더 좋은 작품을 내놓고 싶은 마음으로 꿈을 키우렵니다
첫 시집을 내도록 격려를 아끼지 않으신
지연희 교수님께 감사드리며
항상 도와주고 사랑으로 지원해 준 가족들에게
이 영광을 같이 하고 싶습니다

항상 내 하나님께서 주시는 끝없는 사랑에
감사와 영광을 드립니다

채재현

contents

01 ──────── 어느 生

햇살의 잔상 ———————— 02

contents

03 ——————————— 톱니바퀴

하얀 밤 ——————— 04

🎧 이 아이콘이 있는 작품은 QR코드로 시 낭송을 들을 수 있습니다.

contents

05 ——————— 4월의 노래

한 발은 저세상에
한 발은 이 세상에
묶여 있는 꽃

－「어느 **生**」부분

1

어느 生

눈물

어머니
마지막 기차를 타고 떠나시던 날
비가 내렸습니다
철철 흐르는 빗속에는
어머니의 마당이 섞여 있었습니다
푸성귀를 가꾸는 텃밭처럼
가녀린 몸짓으로
늘 겨울이었고 삭풍이었습니다
언젠가 언젠가 봄꽃이었던 때
벤치에 떨어진 메마른 꽃비였습니다

그리움의 빗물소리
자꾸만
마음을 적시고 있습니다

꽃물 안고

당신을 사랑해
눈빛으로 전해 오는 심어(心語)
아닐 거라는 다스림에도
호수가 자꾸 출렁거리더니
쓸데없는 마중물 되어 버린
그날의 눈빛이
모시적삼 적시는 꽃물이 되어
밤을 하얗게 하얗게 끌어안고 있다

밤
마
다
인류의 뿌리로 뻗어 가는
도산의 숨결

비빔밥

붉은 당근 파란 시금치
하얀 양파 노란 콩나물
서로 제 색이 양귀비라고
콩이 튀고 팥이 튄다

조용한 흰쌀밥
할 말이 없겠냐만
나물들의 퉁퉁거림에
바라보는 마음 산불이다

보름달 마음으로
어머니 자궁 같은 양푼 안에
흰쌀밥 담아 놓고
나물들 모두 끌어들여
같이 어우러지니 사랑이다

오호라
비빔밥
사랑이다

삼월의 속삭임

삼월의 문턱에서
새싹들의 수런거림 듣습니다
메마른 흙 사이를 뚫고 고개 내민
연푸른 얼굴이
지나가는 바람결에 눈웃음을 칩니다
언제부터였던가
조금씩 더 조금씩
다가오던 사랑의 따사로움
잉태를 위한 몸짓이었을 거라는
삼월은 노란 햇살을 바라봅니다
내일 또 내일
더 뜨겁게 다가오세요
속삭이는 삼월의 볼이
산비탈부터 발그레 물들 것 같습니다
진달래빛 저고리 같은

아름다운 정원

번개와 우박을 막아 주는
이파리 넓은 느티나무 바라보는
붉은 동백꽃 가슴
아름답다
대추나무 밤나무
열매 탐스럽고
사공은 노가 무거운 줄 모른 채
세 잎 클로버 가득 채우고
희망의 나라로 노 저어간다

사랑
웃음
기쁨
정원이 촉촉하다

이상한 병마

걸렸다 하면
분별력이 통하지 않고
1+2=3이란 계산법도 통하지 않고
논리가 뒤틀리는
이상한 병이다

보슬비 흐느끼듯 눈물 뿌리다
칼바람같이 매서워도
안쓰러운 한 송이 목련꽃
억지 부리며 앙탈하는 모습도
바위이고 싶을 때 바위이고
어떤 경우에도 사태 나지 않을 산인 듯

콩깍지로 만든
뿔테안경
도수가 너무 미약하다

이상한 병에 걸렸다

가을이 오나 보다

밤새 걸어오는 빗줄기에
갈바람이 따라왔습니다

기승스럽게 삶아 대던 여름이
무릎을 꿇은 저녁
긴바지와 긴소매 옷이
등장을 서두르고 있습니다
한낮 아직 기염을 토하는 여름이지만
노상 삶아 댈 수 없는지
아궁이의 장작불을
하나둘 꺼내고 있습니다
뒤에서 자꾸 다가오는
가을의 눈치를 보면서
언젠가 하직해야 할 마음으로

들에도 노르스름한 옷을 입은
벼 이삭이 웃고 있습니다

가을 길목

팥빙수 같은 바람이
새벽을 열더니
한낮 산통에 땀 흘리는
아스팔트의 열기가
여름을 붙잡고 몸부림이다

코스모스 꽃길 사이로
빨강 고추가 걸어오고
고추잠자리 몇 마리
산 너머 가을 굿 장단의
흥 이야기를 슬쩍슬쩍 흘리고 있다

막 세수를 끝낸 하늘의
해맑은 웃음 사이로
가을이 창문 밖에서 서성이고 있다

가을을 타고 있다

가을이 후줄근한 모습으로
젖어 있다

언젠가부터 나무는
보일 듯 말 듯 서걱거려지고
앉으나 서나 푸르고 넓은 줄 알았던 나뭇잎
꿈결처럼 누렇게 변해져 마음이 시리다

내 줄기에서 꽃 피고 열렸던 열매는
음식 맛을 모르는 모습처럼
해 뜰 때도 해 질 때도
어깨조차 부딪쳐 보지 못한다

낡은 벤치에 떨어진 나뭇잎
구름 너머 하늘을 보니
온통 명주실 가득한, 그러나
꽃보다 더 화사한 모습으로
지그시 고운 햇살 던져주며
버려라

버려라
외로움을

나의 줄기여

이슬 같은 빗줄기가
콧등을 때린다

입동立冬

휘어진 나무의 깃볼이
빨갛게 얼었습니다

세찬 바람이 불기 시작할 때
마지막 잎새가 되길
간절히 바랐던 영혼은
낙엽이 되어 훌훌 떨어졌습니다

떠오르는 태양을 가슴에 품고
만삭을 기다리는 마음으로
새벽별과 눈 맞추고
저녁 별과 작별하던
절인 배추 같던 세월

갈 곳 없는 나뭇잎
절벽으로 떨어진 가냘픈 폭포 되어
바람의 등에 흔들거립니다

하루의 시간이

얼마가 될지 모르는 침대 속에서
휘어진 나무의 깃볼이
바스락거리고 있습니다

입동立冬입니다

정염

맨드라미가 웃었습니다
어젯밤에 바람이 찾아와
하늘의 별을 따다 주었는지
주근깨 끼어 있는 얼굴이
불꽃같이 빨개져 있습니다

저만치서 부러운 눈으로 바라보던
개망초가 하이얀 분첩 치켜들고
혹 바람이 찾아오려나
몸을 한들거리고 있습니다

유혹의 몸짓으로

연모 1

나는 당신의 사랑을 품고 있습니다
내 마음 언저리에 회색 구름이 어른거릴 때
당신의 사랑을 꺼내 봅니다
장미꽃인 듯 벚꽃인 듯
라일락인 거 같기도 한
비제의 아를의 여인 같은
자스민 향기가 풍기는 듯도 합니다
광풍도 아닌 것이
작은 호수에서 날아오는
오월의 바람 같습니다
그렇다고 맨날
당신의 사랑을 만나는 건 아닙니다
가끔 아주 가끔
어머니의 미소가 그리울 때
당신을 만나곤 합니다

메신저

보물섬에 가다
- 시 수업을 하며

매주 한 번 중무장 하고
보물섬 간다
대개 보물을 캐 오지만
심고 올 때도 있다
심고 또 심는다
가끔은 왕관을 쓰는 꿈을 꾸지만
누가 알까
볼이 붉어진다

어느 生

늦가을 호박꽃 생각 내려놓은 채
가는 숨 쉬고 있다
바다 위 사공 되어 긴 세월 지나올 때
맑은 햇살 없었을까 마는
기억의 끈
서러움 터널에 갇혀
뱃속 저승사자 똬리를 틀었다

한 발은 저세상에
한 발은 이 세상에
묶여 있는 꽃
몇 달 전
짐작도 못했던
무상

生이여!

그날의 눈빛이
모시적삼 적시는 꽃물이 되어
밤을 하얗게 하얗게 끌어안고 있다

　　－「꽃물 안고」 부분

햇살의 잔상

들꽃

잉크가 쏟아질 것 같은
하늘엔
하얀 돛단배 하나 한가롭게 유영한다

저 돛단배 안엔 누가 있을까

오래전에 소풍 가신
칠십 리 길을 걸어오셨던
허리 굽은 들꽃이 어른거린다

피곤이 뭐랴

제 나이 칠십에
당신 피곤을 알게 된
불효녀
마음 흥건히 젖어 있다

임이여!!

가을꽃 지다

메마른 땅에서
피어난 여린 잎
일찍 햇살의 따사로움을 잃어버려
굴뚝 뒤의 눈물이었던 날들 지나
한여름의 기상은 내 것인 줄만 알면서
네모지고 세모지고 둥그런 보물들
가슴으로 싸안는 방법 서툴러
가을이 무엇인지 모른 채
늘 파란 줄 알았던 가을꽃
어느 날 갑자기 찾아온
저승사자의 지목이 되어 버린 그때
거울 속의 가을꽃을 알아 버린 허망함

꽃 송아리
밤바다에 빠져 버린 가을꽃

하얀 밤 1

그제도
어제도
밤이 하얗기만 하다

이 밤
몽롱을 쥐고
혼돈의 터널을 헤매다가
바위에 부딪쳐 눈을 뜨니
여명이 저만치서 비웃고 있다

흔들거리는 몸짓으로 남겨진
하얀 시간 끌어안고
오늘 밤
죽음처럼 시간을 보내고 싶다

꽃방석

작은 세월
나무 의자 위에 복숭아꽃처럼 앉아
이파리도 만들랴 열매도 맺으랴
눈동자 돌릴 틈도 없다
깨질까 떨어질까 사랑의 울타리에서의
꿈결 같은 그 나날들
이곳까지 와서
흐르는 물결처럼
낯설기만 했었는데
나는
이제
의자 위에 붙박이가 되어
플라타너스 나무처럼 울창한 나무
은은하고 설레이는
향기 그윽한 아까시나무를
바라보고 있다

어느 햇살의 영전에

얽히고설킨
실타래 같은 사연들
TV 화면 시끄럽더니
한줄기 따사로운 햇살 이야기
유월의 훈풍이다

그가 한 달 동안 땀 흘린 대가 80만 원
한 줌 좁쌀만큼
입에 풀칠하고
장래 석학이 될 여린 묘목들의
허기진 주머니에
쏙 쏙 쏘아 줬다는 따사로운 사연

어느 날 갑자기
준비 없이 여행 떠난
그의 발자국 위에
붉은 이파리 뚝뚝 떨어지고

영정 앞에 놓인
흰 국화 송이만큼
부끄러운 눈물 흠뻑 적신다

햇살의 잔상殘像

썰물처럼
휩쓸고 간 보랏빛 햇살
부스러기라도 줍고 싶어
잔영殘影을 헤집는
허기진 노심

까르르 웃어 대던 환청
툴툴거리던 입술
모자이크처럼
꿰매며 나누던 정원
흘러 퍼지던 노오란 햇살

자꾸
멀어져 가는
긴 그림자 끄트머리 붙잡는
허기진 노심

어느 날의 소묘

겨울이고 싶지 않은
가을 마음
채색 단풍 부여잡고
안간힘이다

손가락을 꼽아 보는
긴 세월이
어느 순간 앞에 다가와
홑겹이 되어 버린 모습, 그럼에도
결코 겨울이고 싶지 않은
고집스런 착각으로
곱게
아주 곱게
채색에 매달리고 있다

자꾸만

독거

페치카는 제 몫을 다 하는데
집 안 구석구석
식어 버린 북극이다
까르르
시끄럽게 떠들어 대는 소리
건넌방에서 들리는 듯
얼른 문 열어 보니
텅 빈 바람뿐이다

횅한 마당에는
낙엽 하나 뒹굴고 있다

바다에서

나뭇잎이 살짝 어깨를 펴고
꽃봉오리 열려질 때
강물이 흐른다는 걸 알았습니다
나뭇잎이 손바닥을 활짝 펴고
꽃이 자지러지게 웃을 때
바다에 파도가 일렁인다는 걸 알았습니다
바람의 등에 업혀 너와 나
나무 의자에 하나 되었을 때
바닷가에 태풍도 온다는 걸 알았습니다

푸른 잎 가랑잎이 되고
꽃이 시들 무렵
햇살 따사롭던 빛으로
가슴에 묻어둔 지도 위에
흑점들을 지워가며
바라본 바다
화살 하나 나를 따라왔음을 알았습니다

낡은 지팡이

추억 1

한 치나 높아진 하늘
곧 잉크가 쏟아질 것 같다

노란 옷을 갈아입기 시작한
은행나무 밑 벤치에서
아지랑이 속에 감추어진
그리움을 꺼내보고 있다

나는 청록빛 햇살 사랑인데
당신은 떨림의 사랑이라고
병아리 날개 밑에 숨겨진 이야기

여사라 이름 바뀐 세월
나는 여전히 청록빛
당신은 무슨 빛으로
나를 바라보고 있나요

툭 은행 한 알 어깨를 치고 지나간다

소란

가을걷이 끝난 들판처럼
숨소리만 오락가락하던
둥지 안에
앞서거니 뒤서거니
참새 두 마리 날아왔다
샅바 싸움에 땀이 범벅인 채
패자는 판단력 절단 난 심판에게
눈물의 하소연 요란하다
승자는 국회라도 입성한 듯
의기양양
제 몫 챙기는 게 볼만하다

바다에서 헤엄치다 돌아온 청목들
박물관의 문화재 같은 노목들
날마다 상영되는 소란에
웃음 치료 진행 중이다

천국의 유희

애동지

그해 애동지
상갓집에서 팥죽 잡숫고 오신 할아버지
어린 손주 다섯
낯선 나라로 이사 보낸
가문의 슬픔
애동지에 팥죽 먹으면
어린 생명 잃는다
법이 되어 버린 유훈

애동지의 괴담
세월 속에 흘러버렸다
팥죽 파는 식당
어른 아이 가득한 식객들
어린 것들 무탈하다

올해 애동지

폭포

단풍이 놀아야 할 산에
진달래꽃이 피었습니다
그가 건네준 작은 불쏘시개가
하나둘 불이 되어
활화산이 되었습니다

봄도 아닌데

염원

묘향산이 오색찬연한 옷을 입더니
가을엽서에 가득 담겨
설악산에 날아왔다
설악산에 날아온 가을 엽서
색동옷 화려히 갈아입고
희희낙락이다

이념이란 나무
싹둑 잘라 버리고
봄의 새싹
여름 푸른 잎
화합 엽서에 가득 담아
모란봉과 인수봉이 손잡고
한강과 대동강이 손잡고
강강수월래
춤을 추면 좋겠다

모두의 염원이다

보름달 마음으로
어머니 자궁 같은 양푼 안에
흰쌀밥 담아 놓고
나물들 모두 끌어들여
같이 어우러지니 사랑이다

–「비빔밥」부분

3

톱니바퀴

설렘

오월이 사분사분 눈을 뜨니
옥색 하늘이 창문을 활짝 열고
청아한 미소를 보냅니다
활달한 바람 가득 안고
청록의 양팔을 흔드는 젊음
계절의 여왕을 맞으려
푸른 융단을 준비하고 있습니다

젊음이
우체국 창문을 바라봅니다

맥박이 빠릅니다

여정

무거운 배낭 짊어지고
산행하는 나그네
비바람 만나
흠뻑 젖었다

길섶에 꺾어질 듯 가녀린 들풀
아기 같은 미소를 보며

홀연히
등짐을 열어 보니
쓸데없는 잡동사니

잠깐 마더 테레사를 모셔 오고
성철 스님 다녀갔지만, 그뿐

이끼는 지워지지 않고
다시금 엉켜지는 모자람

하늘빛 바라보며
빨래를 준비한다

연모 2

책장을 넘길 때마다
미세한 떨림이
세레나데인지
월광곡인지
고요히 스며드는
감성의 환희가
가슴에 안겨 온다

메신저 그릇 안에 담겨진
언어의 유희가
봄꽃의 환희였다가
가을꽃의 고뇌이기도
하나하나 심연 속에

해바라기 마음으로
오늘도 다시 책장을 넘긴다

찢어진 사랑

놀이터엔
보드라운 금모래가 가득하고
참새들의 재잘거림
질서 없는 에덴동산이다

금모래 속에 섞여 있던 나사못
참새 한 마리 겨드랑에
붉은 반점 얼룩지고
검은 흑점이

전국적으로 쏟아진
세찬 소나기
놀이터 모래 속에
나사못 찾느라 청소 중이다

여전히 어디선가
슬픈 울음소리 들린다

나쁜 가시나

칠십 노모 부엌에 쑤셔 넣고
남들 다 하는 출산
저 혼자 한 양
따뜻한 아랫목 누워
때맞추어 미역국 끓여 온 당신께
배 안 고픈데 그런다고 투정 부린
시월에 피는 개나리처럼
철모르던 못된 가시나

자기가 칠십 되니
도움받아야 할 노년이라고
자식들의 작은 실수에 서럽다고
이슬비 눈언저리에 심어 놓는
나쁜 가시나

생인손

꽃은 꽃이지만
싱싱해 본 적이 없고
힘없고 가련한
냉이 꽃 같던 당신
수확 끝난 가을 들녘 같은
쪽진 뒷모습에
부슬부슬 살얼음 흔적 엿보여도
아무 힘이 되어 주지 못한
작은 돌멩이였던
당신의 분신
본향으로 여행 가신 당신은
생인손입니다

치유되지 않는 생인손

사랑의 이동

과테말라 1004의 집 어린 소녀
14살 임산부 되어 산달이 낼모레다
둥지를 잃어버린 어린 것들 지폐의 값으로 흩어져
혈육의 얼굴도 모르고 사는 치안 부재의 그곳
햇살을 깔아 주고
푸른 꿈을 심어 주고
파란 하늘 보여 주고
홍종의 신부님 사랑
가슴 울리고 있다

육십여 년 전 우리의 강토가
어둠에서 헤어나지 못할 때
코 크고 파란 눈의 넓은 마음들이
피 흘림에 허덕이는
우리들의 언니 오빠들
감싸 주고 품어 주었던 생각
꺼내 보고 꺼내 본다

사랑은 강물 되어

지구촌 어둔 곳에
햇살처럼 흘려보내는
그분의 자녀들
무궁화 꽃 아래
숨 쉬고 있다

분홍 향기

진달래꽃 소롯이 꺾어
봄바람 내음
살폿 살폿 보내 주겠다는
가을 산

깊은 잠 속에 빠진 줄 알았던
연분홍 꽃잎
이불을 걷어차고
오래전 이식 당한 동산
치매 속에 버려둔 채
라일락 향기 날리며
소롯 소롯 걸어가는
가을꽃

꽃향기
살아있네

활활 불타고 싶다

연분홍 마음 마중물 되어
빨간 장미가 되었는데
네 잎 클로버 찾아 헤매이는 마음
나무숲으로 들어간다
큐피트의 화살촉이 된
내 마중물 가슴에 맞은
백마 탄 나무
그는 해가 되고
나는 별이 되어
각혈하듯 토해 놓은 열꽃처럼
전설을 만들고 싶다

한 줌의 재가 되더라도

사연이 그렇다

너른 밭에
유실수 하나 심어 놓고
잘 키운답시고
종횡무진
갈무리에 힘을 빼고

잘 키워 보겠다고
제멋대로 가지 뻗을까 봐
전지한답시고
시행착오, 시행착오

유실수 거름 온통 주느라
지금껏 영양이 부실한 몸
아직도 남은 정 헤아리는 낡은 심연

온몸에 부스럼이 울긋불긋하다
사연이 그렇다

슬픈 오월

장미는 자지러지게 웃어대지만

목마른 오월
농부의 무거운 등짐 되어
퍼석거리는 들판에
노숙하고 있다

아궁이의 불꽃처럼 불타는
태양
아스팔트 위에
한여름의 가슴을
뿌려 놓고
베적삼을 적신다

몸살 중인 오월

톱니바퀴의 세월

옹달샘 맑은 물속에
싱싱한 두 마리 물고기
곰살맞게 웃으며 말 말 말
멋진 폭포수다
아침의 작별과
저녁의 만남도
이산가족 해후처럼
연분홍 벚꽃, 화사하던
잘 맞던 톱니바퀴

연녹색 나뭇잎 단풍 물들고

옹달샘 안 이끼와 낙엽 가득하고
물고기 두 마리
세월의 줄기 그어져
침묵은 금이다
속담 지키느라 열심이다
간혹 말 말 말
끝은 불화살 되어

잘 맞던 톱니바퀴 어긋나
맞추기가 힘든가 보다

봄비

지난밤
창문 밖에서
자분거리는 발자국 소리
가슴속에 묻어둔
연녹색 꿈을
보일 듯 말 듯
창문을 살짝
두드리고 있습니다

맵살스럽던 바람
가을의 시간 속으로 배웅하고
수줍게 다가오는
꿈의 마중물 되어
자분자분 다가오는
초록 발자국 소리

연분홍 마음

흙

거름기 빠진 흙 푸석푸석하다

잔돌 굵은 돌 골라내며
텃밭을 만들어 낸 흙무덤
깊숙이 스며드는 젖줄들이
씨앗의 등 토닥인다
땀이 배인 베적삼 사이로
파란 하늘 심으며
한 가닥씩 빠져나간 숨도
함박꽃이 되어
심줄 투박한 세월을 아우른다

점점
아기 살결 같은 마음으로
소풍길 바라보는
마른 낙엽 같은 흙
부스러지는 소리 들린다

가냘픈 낮달의 볼에
빗방울 떨어진다

─「들꽃의 세월」 부분

4

하얀 밤

험준한 산 그래도

둥그런 분지 안의
작은 꽃
우뚝 솟은 험준한 산
넘을 수 없는 장벽이라고
눈 흘겼다
어느 날 갑자기 닥쳐온 태풍
오돌오돌 떨고 있는 작은 꽃
눈 흘겼던 산
바람벽이 되었다

산이 있어 다행이다

호수 1

하짓날 하루해 같은
청푸른 물결 위에
작은 떨림 같은 어머니 마음
어젯밤
술 취한 지아비가 던진 돌멩이
물보라 출렁거려
깊숙이 잠기고 싶은 일렁임은 잠시
옆구리에 붙어 있는
분신들
지워지지 않는 문신
다시 조용해지는 어머니 마음

호수

농부

울창한 떡갈나무 숲 저쪽
밭에 씨앗을 뿌리고
돌아온 농부
농사의 뿌듯함과
감미로운 나른한 피로에
슬그머니 눈이 감긴다

푸른 산속으로 운동을 가는데
예쁜 사슴 한 마리 언덕 위에서 뛰어와
웃는 듯 반기는 듯 품에 안긴다
사슴 등을 토닥이다 눈을 떠 보니
자기 엉덩짝을 토닥이고 있다

동산에 등정하다

어찌하여

일면식도 없었는데
우연히 만나
하늘과 땅
꽃과 이파리
곱다는 의견에 공감했을 뿐인데
어찌하여
가끔
돌멩이가 되어 호수에 던져지는지 모르겠다
밤하늘에 별빛 같은 연서를 기다리는
박꽃같이 소롯한 외로움
아궁이 속 불꽃 같은 동백꽃 정염
봄 아지랑이 속에 살포시 숨어 있는
연분홍빛 그리움 되어
호수를 가만두지 않는다
어찌하여
호수는 자꾸만
파문을 만드는지 모르겠다

하루가 길다

하품하는 아침
창밖엔
전쟁터를 향한 발걸음들
어수선하다
무심코 장롱을 열어보니
세상 누비던 갑옷들
시들시들 잠자고 있다

싹둑
시간을 잘라 보지만
남은 길이가 아득하다
TV와 눈 맞추는데
시들은 낙엽처럼
물기가 없다

핸드폰은 낮잠 속에 빠져있고
호수 같은 소ㅅ우주
창밖이 지구 밖의 풍경 같다

하루가 길다

겨울답다

새악시처럼
살폿 살폿 내리는
백설의 운무
들판이 온통
성자의 마음이다

손님도
가끔 와야 반갑지
겨울 내내 들락거린 백설
흔적이
두툼하다

질세라
북극의 거센 냉 고추
날아와서
날마다 기세등등 또아리 튼다

모피가 춤을 춘다

빈집

대청마루에 꿈들의
발자국 소리 왁자하던
아침나절
오월의 싱그러움과
살짝 얼은 사과 맛 같은 바람
온 집안을 휘감던 때가 있었지
어느 날
문설주 열리더니
꽃들도 나비들도 민들레 홀씨 되어 날아가고
툇마루의 낙엽들은
저물녘의 바람에 휩쓸려
모퉁이에서 으스스 떨고 있다

햇살 잃어버린
등 굽은 나무의자

봄의 노래

내가 숨 쉬는 창문 곁으로
비파 소리 같은 음률과 달콤한
세레나데 흠뻑 담겨진
푸른 잎사귀 풍성한
나무 한 그루 다가왔으면 좋겠습니다

나는 새가 되어
잎사귀 한 잎 입에 물고
나뭇가지에 기대어
꿈결 같은 화음을 나누고 싶습니다

그는 장미꽃으로
나는 한 그루 느티나무로

하모니 가득한 숲을 이루어 노래했으면
좋겠습니다
하늘 가득히

봄의 노래

바람

지구 저편 검은 대륙 어느 한 곳
가난을 덜어주자는
훈훈한 바람 살금살금 불더니
유월 햇살 품은 열매
하나둘 맺어지고
열매의 바람 한여름의 태양처럼
뜨거워지니
담을 넘고 또 담을 넘고
사랑의 파도가
동네를 수놓고 있다

가슴 푸근한
바람의 결실

하얀 밤 2

자명종이 하품을 하다가
들어주는 이 없는 거실에서
힘없이 두 번 울었다
창문을 통해 내 침상에 들어온 별들이
전설 같은 잡초의 삶을 늘어놓으며
사금파리로 마음을 긁어 대고 있다
피 흘림을 막기 위해 수십 마리 양들을
한 마리씩 불러 보아도
밤은 하얗게 불 밝히고 있다

갈바람 휘리릭 지나간다

아픔

오늘
씨앗이 숨죽이는 터널 속
허우적거리면서
작은 조약돌이라도 건져 볼까
생각의 마음 열심히 굴려보지만
왜
허공뿐이냐고
안개에게 항의하고
붓끝은 저벅저벅 밤길을 헤매인다
어둠은 새벽을 잉태하는 길이라는데
새벽은 어드메쯤인지 알 수 없어도
그냥 그냥
희미한 빛만 보아도
열심히 붓끝을 잡아 흔든다

안개

풀밭에 누운 자는 말이 없다
묵묵한 침묵 속의 풀밭
입, 입, 입들의 짐작은
하늘이고 땅이고 바람이고 구름이다

풀밭에 누운 자는 말이 없다
그가 움켜잡았던 조폐공사 숫자는
5차 방정식, 얽힌 실타래
안개가 자욱하다

언제쯤 가로등이 환할까

가랑비에 옷이 젖듯이

안개 같기도 하고
이슬 같기도 한
가랑비에 옷이 젖었다

그와 나는
손잡고 강가를 거닐은 것도 아니고
호수의 속내를
꺼내 보여준 적도 없었다
가까이도 아니고
먼 곳도 아닌
그와 나의 잔디밭이었을 뿐

어느 날
작별하고 떠난 그
나는 가랑비에 옷을 적신 채
그리움의 바다를
멍멍한 가슴으로 바라보며
그가
안개 같기도 하고

이슬 같기도 한
가랑비였음을 몰랐을까 생각했다

지금도 내 옷은 젖고 있다

도시락

보리밥 가득 담은 도시락
뚜껑으로 감추고 먹었던 아이들
머리 허연 가을 사람 되어
보리밥쌈장 식당 집으로
소나기처럼 몰려간다

아버지의 한숨이고
어머니의 허리띠가 조여지던
높고 힘들었던
초여름 보릿고개
전설이 되어 아득하다

다이어트 끼니가 된
보리밥 도시락이 당당하다

밤하늘에 별빛 같은 연서를 기다리는
박꽃같이 소롯한 외로움

－「어찌하여」부분

4월의 노래

4월의 노래

진노랑 개나리 꽃가지 사이로
연록의 입술이 배시시 노래를 시작한다
싸리꽃 백의의 천사를 부르는데
힐끗 쳐다보던 냉이꽃
한들한들 작은 몸짓으로 풍류를 즐긴다
보리밭의 푸른 융단
오 할렐루야 희망이로다
울려 퍼지는데
어디서 왔는지 참새들도
합창을 흩날리며 지나간다

분망한 웃음의 소란이 넘치는
중학교 교문 앞의 연록들

푸름을 향하여
4월이여!
꿈이여!

사월 아침

가난한 산동백 꽃이
시샘 많은 날 선 바람에
떨고 있던 날들이 추억처럼 지난
4월의 운동장엔 제자리를 지키고 있는
푸릇한 웃음이 잔잔하다
계주를 준비하듯 어우러져 있는 개나리
장년의 활기참이 보이는데
막 탯줄을 자른 목련이
나 여기 있다고 목소리가 우렁차다
벚꽃들의 수줍은 자태
남녘의 파티가 부러운지
하이얀 드레스를 활짝 펴고 있다

사월이 춤을 춘다

마당에선

노오란 리본 속
눈물 깊은 바다는 허망을 담고
손길 기다리는 눈망울
어린나무 자른 도끼 주인은
숨바꼭질 여전하지만
장마당에선 좋은 일꾼 되겠다고
자루 뺏기에 마라톤 경주한다
자랑거리 잔뜩 적은 얼굴 내미는 두 손
잘 익은 벼 이삭 흉내 중이다

장마당이 소란스럽다

삼월의 변덕

어제 만난 산동백 나무
햇살 포근히 감싸고
연노랑 입술 살짝 열고 배시시 웃길래

- 봄이 맛있어 -

심술 난 하늘에서
가녀린 하얀 방울 살폿살폿
두고 온 겨울꽃 뿌리고 있다

햇살은 담벼락에 휘장을 두르다가
언제 그랬냐는 듯
심통 난 칼바람
외투를 꺼내고 있다

삼월은
쓴맛인지 단맛인지
변덕을 부린다

들꽃의 세월

영문 모른 채 쓰게 된 족두리
종부의 가시방석이 되었다

맺어진 햇살
사각사각 스치는
남스란 치맛자락 소리에
심장이 서늘하게 작아지고
대청마루 안의 목침만 보아도
사대부 삼종지의 귓전을 때린다

안방과 사랑방 사이에
소망은 하나둘 영글었으나
축문 읽을 가지 스러진 후
건넌방이 만들어졌다

꽃방석이 무엇인지 모른 채
가시방석 위에서
희로애락 은발 뒤에 감추인 채
점점 작아지는 점이 되다가

산마루로 이사 가신
들꽃 한 송이

가냘픈 낮달의 볼에
빗방울 떨어진다

이 가을에

어젯밤
휘영청 계수나무 그늘 아래서
벌레 먹은 갈색 낙엽 우표
바람결에 전해온 편지 한 장

초등학교 이학년 어린 딸
무릎 위에 앉혀 놓고
생선 발라 밥 먹여 주시던 아버지

막내딸 짝 맞추어 떠날 때
잎새 몇 개 달린 구부정한 나무 되어
하염없이 바라보시던 어머니

사십대 막냇동생
마음이 물에 젖어 있을 때
아가, 아가, 힘내
용기 주시던 오빠

그리움 전할 길 없는 답장
수신지 주소
저세상을 바라본다

강

압록강

넓기만 한 그 강이
녹지 않는 얼음 상태에서
세월을 걸어가고 있다
철조망이 붉게 녹슬고
형제끼리 겨눈 총칼의 참혹
처음 목도한 눈들
하나둘 감겨버린 긴 날들
강과 강에 가교를 놓겠다고
애도 써 보았지만
악수의 손은 서로 엇나가고
이웃 호랑이들은 자기들 생각대로
말이 많다
내 땅 내 하늘
내 마음

한강이여!
대동강이여!

가을

여문 밤나무 잎 고개 내민 하늘
옥빛인가 했더니
남빛 물이 뚝뚝 흥건하다

보라인가 하양인가
세모시 적삼 달빛처럼 곱던
참깨 꽃 열매 품은 어머니

가을
그리움

그날

당신이 오시기로 약속된 날
콧등에 속절없는
이슬방울 아롱거립니다

영부인이라도 된 양
따지고 들던 덜 여문 열매들
무수리처럼 쩔쩔매던 어머니

5대 할아버지 제삿날 허리 휜 후
열두 달 달력이 부족했던
맷돌 짊어진 세월

새가 되었던 그날
당신의 성장통은 멈추었고
가볍게 날아가셨지요

창밖에
하염없이 비가 내립니다

버린 마음

딸 수 없는 열매들이
시끄럽게 손짓하고 있다

끈적거리는 허망은
뒤엉킨 미꾸라지처럼
호수를 헤집어 대니
파랗다 빨갛다
갈피 못 잡고 허우적거린다

사막처럼 한산한 바닷가에 가서
모래톱에 허망 널어놓으니
바닷물 몰려와서
썰물로 데려갔다

새털처럼 가벼워진
빈 호수

봄소식

오늘부터 봄이랍니다

봄이 온다는데
나풀나풀 춤을 추며 내려오는
겨울의 잔설은 봄의 마당을
어지럽게 흔듭니다
아직 시집살이 같은
양지바른 담벼락에
포장을 두른 햇살의 사랑
꿈을 꾸는 씨앗의 용트림
그윽한 눈길이 따사롭습니다

고추처럼 매운 겨울의 나날
멈출 줄 모르는 아픔 같지만
봄을 잉태하는 그리움
벌거벗었던 나목의 새순들은
몽오리를 준비하며
높고 넓은 하늘을 생각합니다

입춘
꿈이 다가옵니다

그 많던 날들

둘이 손잡아 담을 이루고
꽃밭에 서리 내릴까
어깨동무하고 있었지만
나의 모서리는 안보이고
너의 모서리만 보여서
가시 돋힌 고까움 가득한 항아리 등에 메고
기쁨과 즐거운 일 가끔 잊어버린 채
젖은 길 허덕이던 세월
지나
해는 서산을 향해 몸 기울고
따사롭던 햇살 자락
가을바람에 휘말리어
겨울이 서서히 다가올 때
나의 모서리 깨닫게 됨은
신이 주신 지혜일까

가냘피 허리 굽은 할머니
미소 띤 할아버지 손 잡고 걷는다

내 품에 온 작은 기쁨

열사에서 날아온 사진 한 장
한쪽 팔의 반을 잃어버린 태생의 아픔

내 마음의 흐느낌이
마니또를 약속했다
내 가진 것 중 모래알 같은 사랑이
네 생애에 봄이 된다면
내 마음 작은 기쁨으로
출렁거리리라

레드카펫의 주인공처럼
하늘 속의 별을
가슴에 심기를

따사론 화살을 쏜다

그래도 너는 내 동생

우리 부모
힘없고 가난해서
내 땅 승냥이한테 빼앗겼을 때
분노 속에 되찾겠다는 열망
너와 나는 한맘이었지
유산에 대한 뜻이 달라
서로 왕래 뜸할 때
한바탕 총소리 분탕질한 탓에
우리마음 간 곳 없이 이산離散이 되었잖니

핏줄 다른 타동네 사람과
축구 경기 붙었더라
네가 그들을 이기면
내 손바닥 불났고
네가 그들에게 골을 빼앗기면 가슴속 말라서
물 한 모금 쭉 들이켰다

너 못 본 지
회갑년도 훨씬 넘었지만

네 핏줄 내 핏줄이고
내 핏줄 네 핏줄이니
너는 내 동생임에 틀림없다

백두산아!
한라산아!

자꾸
멀어져 가는
긴 그림자 끄트머리 붙잡는
허기진 노심
-「햇살의 잔상」 부분

작품해설

언어의 미학을 향한
고뇌의 몸짓

지연희(시인)

언어의 미학美學을 향한
고뇌의 몸짓

지연희(시인)

●

　　한 시인이 평생의 문학 수업을 통하여 천착하고 있는 특별한 관심 대상은 무엇인지 궁금할 때가 있다. 무엇보다 등단하여 초기, 중기, 말기를 분리하여 어떤 감성이나 사고의 변화를 이루고 있는지에 대한 분석은 매우 중요한 관점이다. 대개는 시간의 흐름에 편승하여 시대적 배경이나 개인적 환경에 따라 작품의 경향은 변화를 지니지 않을 수 없는 일이어서 문학작품은 그 사람의 삶에서 분리하기 어렵다는 생각이다. 사실주의 미술에서 드러내는 화가의 정치적 현실의 묘사는 실체와 예술정신의 주관적 괴리에 대한 관점을 매우 첨예하게 배재하려는 의도로부터 시작되고 있다. 문학작품 속의 사실주의 묘사 역시 그 시대가 안고 있는 정치, 경제, 문화, 사회 현상을 객관적 관점으로 묘사 재현하는 예술표현의 태도이다.

　　채재현 시인의 시문학 흐름의 줄기는 습작기의 등단 무렵에 천

착하던 자전적 이야기의 가족 이야기에서 머물다가 사회현상의
모순됨을 풍자하여 꼬집거나 재현하는 시선에 닿아 있다는 점을
발견하게 된다. 2011년 『문파문학』으로 등단하여 근 5여 년을 시
단에서 활동하고 있는 시인의 시정신이 오직 사실주의 문학에 매
여 있다는 것은 아니지만, 내 안에 가둔 나에게서 잠근 대문을 열
고 문밖의 세상에 관심을 기울일 수 있는 여유를 보여주어 한층
시야가 넓혀졌다는 긍정적 사실을 말하려 한다. 아직은 채재현 시
초기문학의 밭을 일구고 있어 내일의 문학에 대한 관심과 평가에
귀 기울여야 하겠지만 시집 『어느 날의 소묘』로 첫 시집 70편의
분신을 낳게 되어 그 단아한 걸음이 온통 기쁨이 아닐 수 없다.

> 가난한 산동백 꽃이
> 시샘 많은 날 선 바람에
> 떨고 있던 날들이 추억처럼 지난
> 4월의 운동장엔 제자리를 지키고 있는
> 푸릇한 웃음이 잔잔하다
> 계주를 준비하듯 어우러져 있는 개나리
> 장년의 활기참이 보이는데
> 막 탯줄을 자른 목련이
> 나 여기 있다고 목소리가 우렁차다
> 벚꽃들의 수줍은 자태
> 남녘의 파티가 부러운지
> 하이얀 드레스를 활짝 펴고 있다
>
> 사월이 춤을 춘다

- 시 「사월 아침」 전문

노오란 리본 속

눈물 깊은 바다는 허망을 담고

손길 기다리는 눈망울

어린나무 자른 도끼 주인은

숨바꼭질 여전하지만

장마당에선 좋은 일꾼 되겠다고

자루 뺏기에 마라톤 경주한다

자랑거리 잔뜩 적은 얼굴 내미는 두 손

잘 익은 벼 이삭 흉내 중이다

장마당이 소란스럽다

　　　　　　　　　　　　　 – 시 「마당에선」 전문

　시 「사월 아침」은 봄날의 풍성한 꽃 잔치를 그려내고 있다. 릴레이 하듯 피어나는 꽃들이 계절의 풍요를 밝히는 이 시는 겨울 나목의 가지에 돋아나는 고귀한 생명의 눈뜸과 봄꽃의 화사한 아름다움을 연상하게 한다. 겨울의 끝자락에서 가난한 생명줄을 잇고 있던 동백이 꽃송이를 시간의 흔적으로 떨어뜨리고 난 후 4월의 운동장엔 '푸릇한 웃음'의 새순들이 잎새를 만드느라 나뭇가지 마다 잔잔한 물결을 만들고 있다. 마치 풍경화 한 폭을 그려내는 듯한 채재현 언어의 질서가 아닐 수 없다. 우렁찬 꽃들의 함성이 들리는가 하면, 수줍은 꽃잎들의 미소가 화폭 가득 피어나고 있어 꽃들의 잔치에 초대되어진 듯 화사하다. '사월이 춤을 춘다' 는 동적 이미지로 구조된 봄날의 환희는 숨 가쁘게 치마폭에 그려내는 시간과 공간의 아름다운 흔적이다. 사월의 아침, 노란 개나리와

목련, 벚꽃 눈부시도록 하얀 생명의 신비경을 시인의 심경으로 풀어내어 독자를 초대하고 있다.

'노오란 리본 속'으로 시작되는 시 「마당에선」은 지난 2014년 4월 안산 단원고 학생들의 수학여행길 참사를 배경으로 그려내지만 핵심적 주제의식은 이들의 참사를 정치적 이용의 가치로 둔갑시키는 위정자들을 질책하는 풍자다. 꽃 같은 학생들의 희생은 온 국민들을 한동안 슬픔으로 빠뜨렸다. 아니 패닉 상태로 몰아넣었다. 학생 및 교사, 일반인 등 근 삼백여 명의 사망자를 야기시킨 진도 앞바다 팽목항의 슬픔을 등에 업고 벌이는 정치 싸움을 비아냥거리고 있다. '노오란 리본 속/눈물 깊은 바다는 허망을 담고/손길 기다리는 눈망울/어린나무 자른 도끼 주인은/숨바꼭질 여전하지만/장마당에선 좋은 일꾼 되겠다고/자루 뺏기에 마라톤 경주한다' 는 것이다. 장마당으로 비유된 정치 마당의 모순을 지적하고 있다.

> 풀밭에 누운 자는 말이 없다
> 묵묵한 침묵 속의 풀밭
> 입, 입, 입들의 짐작은
> 하늘이고 땅이고 바람이고 구름이다
>
> 풀밭에 누운 자는 말이 없다
> 그가 움켜잡았던 조폐공사 숫자는
> 5차 방정식, 얽힌 실타래
> 안개가 자욱하다
>
> 언제쯤 가로등이 환할까
>
>   - 시 「안개」 전문

자명종이 하품을 하다가
들어주는 이 없는 거실에서
힘없이 두 번 울었다
창문을 통해 내 침상에 들어온 별들이
전설 같은 잡초의 삶을 늘어놓으며
사금파리로 마음을 긁어 대고 있다
피 흘림을 막기 위해 수십 마리 양들을
한 마리씩 불러 보아도
밤은 하얗게 불 밝히고 있다

갈바람 휘리릭 지나간다
　　　　　　　 - 시「하얀 밤 2」전문

　안개의 속성은 과학적으로 지표면 가까이에 아주 작은 물방울
이 부옇게 떠 있는 현상이다. 그러나 개념적으로 의미를 분석해
보면 어떤 사실이나 상황이 가려 있거나 드러나지 않아서 모호한
상태를 비유적으로 일컫게 될 때를 말한다. 시「안개」는 바로 그
'상황이 가려 있거나 드러나지 않아서 모호한 상태'를 은유적으
로 암시하고 있다. '풀밭에 누운 자는 말이 없다/묵묵한 침묵 속의
풀밭/입, 입, 입들의 짐작은/하늘이고 땅이고 바람이고 구름이다'
라는 죽은 이의 침묵으로 감추어진 사실이 사람의 입에서 입으로
회자되는 현상을 묘사하여 세상에 들추어내고 있다. 하늘, 땅, 바
람, 구름에 가리어져 자욱한 안개에 묻히는 모순을 클로즈업 시키
고 있다. 그가 움켜잡았던 조폐공사 숫자는 5차 방정식에 얽힌 실
타래가 되어 자욱한 안개에 덥혀 있는 것이다. 다만 '침묵 속의 풀

밭'으로 비유한 무덤 속 인물의 비행(착복)이 언제쯤 가로등 불빛을 밝혀 환히 들어낼 수 있을까를 염려하고 있다. 사회 현상의 모순적 흐름에 대한 시선이 씨앗이 되어 한 시인의 가슴에 뿌리를 내리고 정화의 기폭이 될 수 있다면 이 또한 문학인의 역할이 아닐 수 없다. 수많은 사실주의 문화예술의 가치 있는 힘이다.

　시 「하얀 밤 2」는 잠 못 이루는 밤의 고뇌를 적고 있다. 이 고뇌의 빛깔은 불면 속의 불 밝힘이다. '자명종이 하품을 하다가' 아무도 '들어주는 이 없는 거실에서 힘없이 두 번 울었다'는 시계가 새벽 2시를 알리기까지 수 없는 상념에서 벗어나지 못하는 중이다. '창문을 통해 내 침상에 들어온 별들이/전설 같은 잡초의 삶을 늘어놓으며/사금파리로 마음을 긁어 대고 있다'는 지난 삶의 편린들(잡초의 삶)을 되뇌다 끝내 마음에 상처를 입기에 이른다. '피흘림을 막기 위해 수십 마리 양들을/한 마리씩 불러' 본다는 자신의 삶에 대한 긍정의 가치와 위로의 양 떼들(가치 있는 삶)을 불러 보지만 밤은 제빛을 잃고 하얗게 불 밝히고 있다. 갈바람 휘리릭 지나갈 뿐임을 확인하게 된다. 이 시는 가을이라는 시간의 허무가 스쳐 지나고 저물 날의 일기를 쓰고 있다. 불면의 하얀 밤이 쌓아 놓은 상념의 집 한 채가 무궁하다.

　　　거름기 빠진 흙 푸석푸석하다

　　　잔돌 굵은 돌 골라내며
　　　텃밭을 만들어 낸 흙무덤
　　　깊숙이 스며드는 젖줄들이
　　　씨앗의 등 토닥인다

땀이 배인 베적삼 사이로
파란 하늘 심으며
한 가닥씩 빠져나간 숨도
함박꽃이 되어
심줄 투박한 세월을 아우른다

점점
아기 살결 같은 마음으로
소풍길 바라보는
마른 낙엽 같은 흙
부스러지는 소리 들린다

                        - 시 「흙」 전문

장미는 자지러지게 웃어대지만

목마른 오월
농부의 무거운 등짐 되어
퍼석거리는 들판에
노숙하고 있다

아궁이의 불꽃처럼 불타는
태양
아스팔트 위에
한여름의 가슴을
뿌려 놓고

베적삼을 적신다

몸살 중인 오월
　　　　　　　　- 시「슬픈 오월」전문

　흙은 인간 존재의 바탕이다. 생명의 근원이며 언젠가 한 줌 흙
으로 되돌아가야 할 약속의 땅이다. 더불어 어쩜 채재현 시인이
이 한 권의 시집으로 축약하여 독자에게 전달하려는 의미 또한
이 한 편의 시 속에 내재 되어 있다고 생각한다. 생사生死의 명줄을
잡고 있는 육신의 변별력으로 살고 죽는 일을 가늠하는 것이 인
생인 까닭이다. '거름기 빠진 흙 푸석푸석하다'로 비유되어진 한
인물의 허물어진 육신이 땅바닥에 널브러진 모습을 연상하게 된
다. 마치 자식 낳아 평생 그 자식을 위해 살과 피를 내어주고 빈
껍질만 몸에 걸치고 있는 어버이처럼 거름기 빠진 푸석푸석한 검
은 얼굴, 이마에 주름진 흙이다. '잔돌 굵은 돌 골라내며/텃밭을
만들어 낸 흙무덤/깊숙이 스며드는 젖줄들이/씨앗의 등 토닥'이
고 있다. 여름 땡볕 아래 '땀이 배인 베적삼 사이로 파란 하늘 심
으며 한 가닥씩 빠져나간 숨도 함박꽃이 되어 심줄 투박한 세월
을 아우'르는 강인한 인내의 우리들 아버지가 시「흙」에서는 굵은
호흡을 하고 있다. 소풍길(저승길) 바라보는 마른 낙엽 같은 흙
부스러지는 소리가 들린다. 소멸의 아픔이다.
　시「슬픈 오월」은 자지러지게 웃어대는 장미꽃 화려한 모습 곁
으로, 아궁이 불꽃처럼 불타는 태양 아래 베적삼을 적시는 오월
농부의 고단을 슬픔으로 비유해 내고 있다. 빛과 어둠이 공존하듯,
슬픔과 기쁨의 의미가 동일한 시간 속에 흐름을 연속시키듯이 세

상사는 삶의 이치는 양면성이 있기 마련임을 시인의 정서는 근원적으로 천착해 내고 있다. 하지만 상대적 슬픔의 크기를 시 공간을 통하여 측은지심으로 재단하고 있는 것이다. '목마른 오월', '퍼석거리는 들판'은 가뭄으로 마른 들판을 바라보며 한 해 농사를 걱정하는 농부의 고뇌를 예감하게 된다. 아직은 완연한 여름이 아님에도 아궁이 불꽃처럼 불타는 태양이 아스팔트 위에 한여름을 뿌려 놓고 베적삼을 적신다고 한다. 그만큼 속이 타는 가뭄으로 몸살 중인 오월은 농부의 가슴을 슬픔으로 가중시킨다는 것이다.

　　　　한 치나 높아진 하늘
　　　　곧 잉크가 쏟아질 것 같다

　　　　노란 옷을 갈아입기 시작한
　　　　은행나무 밑 벤치에서
　　　　아지랑이 속에 감추어진
　　　　그리움을 꺼내보고 있다

　　　　나는 청록빛 햇살 사랑인데
　　　　당신은 떨림의 사랑이라고
　　　　병아리 날개 밑에 숨겨진 이야기

　　　　여사라 이름 바뀐 세월
　　　　나는 여전히 청록빛
　　　　당신은 무슨 빛으로
　　　　나를 바라보고 있나요

툭 은행 한 알 어깨를 치고 지나간다
                              – 시 「추억 1」 전문

페치카는 제 몫을 다 하는데
집 안 구석구석
식어 버린 북극이다
까르르
시끄럽게 떠들어 대는 소리
건넌방에서 들리는 듯
얼른 문 열어 보니
텅 빈 바람뿐이다

휑한 마당에는
낙엽 하나 뒹굴고 있다
                              – 시 「독거」 전문

　지난 시간을 추억하는 일은 언제나 아름답다고 한다. 어느 공간
이거나 어느 시간이어도, 혹은 비록 가난하였지만, 아픔이었지만
그리워지고 아쉬움으로 남는다는 것이다. 그만큼 추억의 터널 저
너머의 이야기는 정겹고 아름다운 향기를 피워내고 있다. 채재현
의 시 「추억 1」에서 제시하려는 메시지는 잉크가 쏟아질 것 같은
높은 하늘의 공간과 가을이라는 시간으로 건져 올린 아름다운 추
억을 현재로 잇는 일이다. 노란 옷 갈아입기 시작한 은행나무 밑
벤치에 앉아 아지랑이 속에 감추어진 그리움을 꺼내 지난 시간의

감성을 확인하려 한다. '나는 청록빛 햇살 사랑인데/당신은 떨림의 사랑'이라 했던 나와 당신의 사랑 이야기다. 젊은 날의 노래로 감추어 두었던 사랑 이야기를 가을빛 물든 오늘 나는 여전히 청록빛 사랑을 이야기하지만 당신은 무슨 빛으로 나를 바라보고 있는지 궁금해한다. 톡, 은행 한 알 어깨를 치고 지나가는 저문 날을 확인하면서.

시 「독거」는 홀로 기거하는 지하방의 고독한 사람을 일컫지 않는다. 함께 사는 식구들의 부재로 홀로 집을 지키는 이의 잠깐의 외로움이다. 삶이 비어진 휑한 공간의 쓸쓸함이 아니라 페치카의 활활 타오르는 불꽃이 난무한 군중 속의 고독을 말한다. 제아무리 난로의 불길은 열기로 타오르지만 집 안 구석구석은 식어버린 북극처럼 냉기가 흐르고 있다. '까르르/시끄럽게 떠들어 대는 소리/건넌방에서 들리는 듯/얼른 문 열어 보니/텅 빈 바람뿐'이라 한다. 혼자 빈집을 지키는 가슴으로 느끼는 고독이다. 인간은 태어나면서부터 절대 고독의 두려움을 지니게 된다고 했다. 때문에 생명 탄생의 그 순간 모체로부터 분리되며 고독한 울음을 그렇게 소리 높여 울어댄다는 것이다. 가을바람 이는 날 '휑한 마당에는/낙엽 하나 뒹굴고' 있는 깊은 가을의 고독이 선명한 어감의 언어로 잘 묘사된 시이다.

팥빙수 같은 바람이
새벽을 열더니
한낮 산통에 땀 흘리는
아스팔트의 열기가
여름을 붙잡고 몸부림이다

코스모스 꽃길 사이로
빨강 고추가 걸어오고
고추잠자리 몇 마리
산 너머 가을 굿 장단의
흥 이야기를 슬쩍슬쩍 흘리고 있다

막 세수를 끝낸 하늘의
해맑은 웃음 사이로
가을이 창문 밖에서 서성이고 있다

- 시 「가을 길목」 전문

어머니
마지막 기차를 타고 떠나시던 날
비가 내렸습니다
철철 흐르는 빗속에는
어머니의 마당이 섞여 있었습니다
푸성귀를 가꾸는 텃밭처럼
가녀린 몸짓으로
늘 겨울이었고 삭풍이었습니다
언젠가 언젠가 봄꽃이었던 때
벤치에 떨어진 메마른 꽃비였습니다

그리움의 빗물소리
자꾸만
마음을 적시고 있습니다

- 시 「눈물」 전문

　채재현의 시에서 두드러지게 느낄 수 있는 계절은 가을이다. 아마도 스스로의 삶의 시간으로 현재화시키는 계절이라는 생각이다. 젊음의 시간은 이미 흘러가 버린, 그러나 아직은 무엇인가를 도모할 수 있는 가능성을 지닌 인물들이 경영할 수 있는 시간이라고 본다. 가을은 그만큼 가치 있는 계절이라고 믿는다. 이는 시인의 시적언어가 지닌 가능성에 대한 믿음 때문이다. 예를 들어 '팥빙수 같은 바람이/새벽을 열더니'라고 하는 이 절묘한 이미지들이 펼쳐내는 의미는 새벽 찬바람의 정도를 구체적으로 제시하는 부분이다. 팥빙수를 입에 넣었을 때 온몸으로 번지는 냉기로 짚어내려는 의도인데, '한낮 산통에 땀 흘리는/아스팔트의 열기가/여름을 붙잡고 몸부림'한다는 의미를 언어의 질감으로 확고하게 세우기 위한 시인의 고뇌가 이룬 결과물이라는 점이다. 여름의 끝에서 가을로 넘어가는 계절의 변화를 '산 너머 가을의 굿장단의/이야기를 슬쩍슬쩍 흘리고 있다'는 상상적 의도 또한 문득 시인의 시정신이 이룩한 매력 포인트이다. 아직 완연히 입성하지 않은 가을이 창문 밖에서 서성이고 있는 시 「가을 길목」은 채재현 시문학이 집도한 또 하나의 강점이다.

　어떤 시집이든 한 권의 시집 속에는 어머니 혹은 아버지를 그리는 시 몇 편을 감상하게 된다. 생과 사의 가늠으로 그리움을 짓는 아픔이다. 다하지 못한 자식의 도리, 불효한 자식의 한이 서린 비탄이 독자의 가슴을 공감의 열쇠로 열어내고 있다. 시 「눈물」은 어머니 그리움이다. 어머니 생전의 모습은 가녀린 몸짓으로 늘 겨울이었고 삭풍이었다는 안쓰러움으로 그려내지만 그 역시 그리움의 소산이다. 언젠가 언젠가 봄꽃이었을 때는 벤치에 떨어진 메마른 꽃비였다는 어머니, 젊은 날 어머니의 초상이다. 그 메마른 꽃비의 어머니가 이생의 짐을 내려놓으시던 날은 어머니의 눈물처럼 비가 내리고 있다. '어머니/마지막 기차를 타고 떠나시던 날/비가 내렸습니다/철철 흐르는 빗속에는/어머니의 마당이 섞여 있었습니다'라는 도입부 다섯 행으로 제시하는 비와 마당의 이 공간은 푸성귀를 심고 가꾸던 어머니 생전의 삶의 공간으로, 사랑하는 이들을 남겨 놓고 떠나는 이의 이별의 아픔을 빗물로 대신하고 있다. '그리움의 빗물소리/자꾸만/마음을 적시고' 있는 눈물이다.

이쯤에서 채재현 시인의 시 읽기를 접는다. 시는 한 호흡의 꽃향기처럼 오래 독자의 가슴에 머물 수 있어야 한다. 단 한마디의 언어일지라도 신선한 생명력으로 감성을 흔드는 충격이어야 한다. 채재현의 시는 그와 같은 언어의 미학美學을 향한 고뇌의 몸짓이 돋보인다. 아직은 스스로 미흡함을 이야기할 때가 많지만 오늘의 시집 출간을 기하여 보다 성숙한 내일을 내다볼 수 있는 시인으로의 성장을 예감하게 한다. 시는 수만 겹 장인의 영혼으로 의미를 감싸는 진중한 백자 달 항아리가 아닐까 생각한다. 순백의 순수, 어디 하나 기울어짐 없는 둥근 만월의 형상, 단아한 품격의 한 사람이 숨 쉬고 있다.

어 느 날 의 소 묘

채
재
현

어느 날의
소묘

채재현 시집